マジカル★ピアノレッスン

ピアノようせいレミーとメロディーのまほう♪

しめの ゆき・作　とこゆ・絵

どうして
びくびく
ピアノを
ひいてるの？
ピアノは
たのしく
ひいてほしいのに。
わたしの
たすけが　ひつようね！

お花《はな》ばたけの　ピアノ

「わたしの　バイオリンの　れんしゅうは　おわったから、
ミラも　ピアノの　れんしゅうを　しなさいね。」
バイオリンを　ケースに　しまいながら、おねえちゃんが
いいます。
「う、うん。」
ですが、ミラは　なかなか　はじめられません。
ミラだって、ピアノの　れんしゅうは　したいのです。

だから、おねえちゃんが
リビングから　でていくのを
まっているのですが、
おねえちゃんは、そのまま
本《ほん》を　よみはじめてしまいました。

ミラは　あきらめて、
〈ブルグミュラー　25の
れんしゅう曲《きょく》〉の
がくふを　ひらきました。

ミラが　おそるおそる
『パストラル（牧歌《ぼっか》）』を
ひきはじめたとたん！
「なに、その　ひきかた。」
おねえちゃんが　口《くち》を　だしてきました。
「どうして　そんなに　弱《よわ》よわしい
音《おと》で　ひくの？　もっと　ちゃんと
ひかないと　ダメよ。」
ふえ～ん……。

ミラが　がんばって
ひこうと　すれば
するほど、音《おと》が
小《ちい》さく　なっていきます。

「ダメダメ、左手《ひだりて》の　チャチャチャチャチャーンって　いう
音《おと》が　すべってるし、右手《みぎて》の　メロディーが
きこえないよ。」
おねえちゃんは、いつも「そんなんじゃ、ダメ！」と
ミラに　いうのです。
うつむく　ミラを　のこして、おねえちゃんは
リビングを　でていきました。
ミラの　むねには、おねえちゃんに　いわれた
トゲトゲした　ことばが　ささったまま。

「あたしの　ピアノって、ダメダメなんだ……。」
おちこんだ　ミラが、がくふを
かたづけようと　した、そのときです。
キラッと　目《め》の　まえで
にじ色《いろ》の　光《ひかり》が
はじけました。
「ねえ、あなた
ピアノが　こわいの？」

光《ひかり》の　なかから、小《ちい》さな　女《おんな》の子《こ》が　あらわれました！

てのひらサイズで、せなかには　キラキラした　はね。

「あ、あなた、だれ？」

「わたしは、レミー。ピアノの　ようせいよ。」

「うそでしょ。ようせいなんて……。」

「うそじゃないわ。この　はねが　ニセモノだと　おもう？」

レミーは、はねで　ミラの　かおを　くすぐります。

「ふふふ、くすぐったい。ほんものの　ようせいだぁ！」

「あなた、おなまえは？」

「ミラよ。」

「ミラは、どうして　そんなに　びくびくしながら　ピアノを
ひいてるの？　まるで　ピアノを　こわがっているみたい。」

レミーの　かなしそうな　かおに、ミラは　あわてました。

「ピアノは　すきよ。でも、ちゃんと　ひかなきゃ
おこられるって　おもうと、ふあんに　なっちゃって……。」

すると、レミーが　にっこりしました。

「それなら、わたしに　まかせて！」

レミーの　じゅもんが
ひびくと、ミラは　にじ色《いろ》の
光《ひかり》に　つつまれ、気《き》が　つくと、
お花《はな》ばたけに　たっていました。

やわらかい　草《くさ》と　色《いろ》とりどりの
小《ちい》さな　花《はな》ばな。
ながれる　小川《おがわ》の　音《おと》も　きこえてきて、
ミラは　のんびりと　した　気《き》ぶん。
「これって、レミーの　まほうなの？　すごい……。」
「えっへん！　ここなら　おねえちゃんも　ママも
いないでしょ？　じゆうに　ピアノを　ひけるわよ。」
レミーが　ゆびさす　ほうを　みると、
グランドピアノが　あります！

お花《はな》ばたけで
ピアノが
ひけるなんて！
こんな　こと
はじめてです。

ミラは、手《て》に　もったままだった　がくふを
ひらいて、さっそく『パストラル』を　ひいてみます。
さっきは、きんちょうで　小《ちい》さく　なっていた　でだしの
メロディーが、のびやかに　ひびきます。

そして、おねえちゃんに　いわれた
左手《ひだりて》の　音《おと》も、かろやかに　ひく
ことが　できました！
「レミー、あたし　なんだか　たのしい。」
レミーは　うっとりと、ミラの
ピアノを　きいてくれていました。
「やわらかくて、すっごく　すてきな
えんそうだよ！　ミラは　もっと、
じぶんに　じしんを　もって　いいのに。」

レミーが　そう
いうと、ミラは　また
にじ色《いろ》の　光《ひかり》に　つつまれ、
リビングに　もどっていました。
いまの　かんじを
わすれないように
ピアノを　ひこうとしたら、
また　おねえちゃんが！
「あれ？　まだ　ひくの？」

「えっ、ううん。おしまいに　する……。」
ワクワクで　ふくらんでいた　ミラの
こころが、しゅんと　しぼんでしまいました。
そんな　ミラを　みて、
レミーは　いいました。
「ぜーったい、ミラに
じしんを　つけさせて
みせるんだから！」

曲《きょく》の　気《き》もち？

「ここが　ミラの　おへや？　この子《こ》たち、かわいすぎ！」

レミーは、ベッドいっぱいの　ぬいぐるみたちに　ダイブ！

「キャ〜！　もふもふ〜〜　みんな　ラブリー！」

レミーは、くまの　おなかに　ぱふんと　だきついたり、
カンガルーの　ポケットに　もぐりこんだり、大《おお》さわぎ。

かわいいのは　レミーの　ほうです。

どうして　こんな子《こ》が、じぶんの　ところに

きてくれたのか、ミラは　ふしぎに　おもいました。
「レミーは　どこから　きたの？」
「ピアノからだよ。」
「ピアノ⁉　ずっと
あのなかに　いたの？」
「ううん。せかいじゅうの　ピアノって
つながっていて、わたしは　ピアノを
つうじて　どこへでも　いけるの。
さっきは、ミラの　ピアノの

音《おと》が　気《き》になって、でてきちゃったんだ。」
「あたしの　ピアノが　ダメダメだったからだね。」
「ミラの　ピアノは　ダメなんかじゃない！
お花《はな》ばたけでの　えんそうは、
すてきだったもの。
じしんを　もって！」
そう　いわれても、
どうしたら　じしんを　もてるのか、
ミラには　わかりません。

ミラは、「そうだ！」と　手《て》を　たたきました。
「まほうで、じしん　たっぷりの　えんそうが　できるように
して？　おねがい！」
するど、レミーが　いいました。
「まほうを　つかえば、なんでも
できるよ。でも、まほうで　じしん
たっぷりの　えんそうが　できても、
まほうが　とけたら、それは
きえてしまうの。だけど、ミラの

力《ちから》で　できるように　なった　ことは、きえたりしない。
それって　すごい　ことなんだから。」
「でも、じしんを　もつって、
どうしたら　いいの？　あたし、
おねえちゃんだけじゃ
なくて、お友《とも》だちにも
おもっている　ことが
いえないの。あたしの
気《き》もちなんて……。」

ミラの　声《こえ》は、だんだんと　小《ちい》さく　なりました。
「ちがうよ。ミラの　気《き》もちが　一《いち》ばん　たいせつなんだよ！
ミラの　気《き》もちが　なくちゃ、ピアノだって
はじまらないんだから！」
レミーの　強《つよ》い　ことばに、ミラは　びっくり。
でも、とっても　うれしく　なりました。
つぎの日《ひ》、おねえちゃんが　バイオリンの　レッスンに
でかけている　あいだに、ピアノの　れんしゅうです。
「ミラの　ひく　『パストラル』は、

のんびり　やさしくて、
とっても　いいよね！」
「えへへ。ありがとう。」
「でも、気《き》もちを　音《おと》に
のせられるように　なると、
もっと　よく　なるよ。
がくふに　かいてある
強弱《きょうじゃく》を　つけて、
ひいてみようよ。」

「ピアノの　先生《せんせい》にも　いわれるんだけど、あたし、強弱《きょうじゃく》を
つけるのが　ニガテなの。強弱《きょうじゃく》と　気《き》もちって、
かんけいあるの？」
「あるある！　強弱《きょうじゃく》は、『こんなふうに　ひいてほしい』って
いう　曲《きょく》の　気《き》もちなんだよ。うれしいときは、かろやかな
音《おと》。かなしいときは、弱《よわ》よわしい　音《おと》。
おこっているときは、おもくて　かたい　音《おと》とかね！」
「あっ！　もしかして、強弱《きょうじゃく》は、曲《きょく》を　つくった　人《ひと》の
気《き》もちって　こと？」

「そう！　そういう　こと。」
「でも、それって、あたしの　気《き》もちじゃ　ないよね？」
「そうね。だから　さいしょは、曲《きょく》の　気《き》もちを
わかってあげよう。でも、ひくのは　ミラだから、ミラは
じぶんの　気《き》もちで　じゆうに　ひいて　いいんだよ。」
そのとき、カチャリ。
ドアが　ひらいて、
おねえちゃんが　かえってきました。
レミーが、みつかっちゃう！

でも　おねえちゃんは、
まるで　レミーに
気《き》づいていません。
よかった、レミーは
うまく　かくれたのね。

「ミラ、ママは？」
「おにわに　いるよ。」
「あのね、天才《てんさい》バイオリニストの
カノンちゃんの　コンサートが
あるんだって。
わたし、いきたーい！」

おねえちゃんが、もっている　チラシを　よみあげます。
「森《もり》と　みずうみの　コンサート。小学生《しょうがくせい》バイオリニスト
花野《はなの》カノン、とくべつしゅつえん！」

小学生《しょうがくせい》なのに、おとなの　オーケストラと　いっしょに
えんそうしちゃうなんて、どんな子《こ》なの？
それに、音楽《おんがく》に　きびしい　おねえちゃんが、あこがれる
えんそうです。
ミラも　きいてみたく　なりました。
「おねえちゃん、あたしも　いってみたい！」
「えっ、ほんと⁉　じゃあ、ママに　いっしょに　たのもうよ。」
こうして　ミラたちは、カノンちゃんの　コンサートに
いく　ことに　なりました。

おしえてレミー！

強《きょう》弱《じゃく》って　なあに？

メロディーの　イメージ

おなじ　メロディーでも　はげしく
大《おお》きな　音《おと》で　ひくのと、やさしく
小《ちい》さな　音《おと》で　ひくのとでは、
かんじかたが　ちがってくるの。
たとえば、ドレミファソラシドを
強《つよ》く　ひいたり、弱《よわ》く　ひいたり
してみて。強弱《きょうじゃく》の　ちがいで、メロディーの
イメージが　がらっと　かわるのが、わかると　おもうわ。

大《おお》きい　小《ちい》さいだけじゃ　ない！

強弱《きょうじゃく》は　ただ　音量《おんりょう》の　大《おお》きさや
小《ちい》ささだけの　ことでは　ないの。
そこに　力強《ちからづよ》さや　はげしさ、
なめらかさや　やさしさと　いった
気《き》もちを　こめる　ことで
曲《きょく》の　イメージが　ひろがっていくのよ。

どんな曲《きょく》が　すき？

あなたは　どんな　曲《きょく》が　すき？
あかるい曲《きょく》？　さびしげな曲《きょく》？　げん気《き》な曲《きょく》？
そのときの　気《き》ぶんによっても、
すきな曲《きょく》は　きっと　かわるわよね。
やさしく　つつみこんでくれたり、
ゆう気《き》を　くれたり、音楽《おんがく》は　人《ひと》の
こころに　よりそう　ことが　できるもの。
わたしも　そんな　ようせいに　なりたいな。

ミニミニ　ソフトクリーム

いよいよ　今日《きょう》が　カノンちゃんの　コンサートの　日《ひ》。
あさから　ママの　うんてんする　車《くるま》で、いえを
しゅっぱつ！
車《くるま》の　まどから　みえる、青《あお》い　空《そら》に　モクモクと
うかんだ　白《しろ》い　くも。
ミラは　おもわず　つぶやきました。
「ソフトクリームみたい。」

「ほんとだ！　ソフトクリーム　たべようよ！」
そう　おねえちゃんが　いって、とちゅうの
サービスエリアに　たちよる　ことに　なりました。
ミラの　ソフトクリームは　マスカットあじ！
空《そら》に　ぐんと　手《て》を　のばして、
「ママ、みてみて！　ほんとに　くもと　そっくりだよ！」
と、いったときです。
「もう　がまんできない！」
レミーの　声《こえ》が　して、すがたを　あらわしたと

おもったら、
ソフトクリームを
パクッ！
ええっ！
ママたちが　いるのに、
レミーったら
ダメじゃない！

「あ、あら？　あらあらあら？」
ママが、目《め》を　パチクリさせています。
レミーの　ことは、ママに　ひみつだったのに！
「ママは　目《め》が　つかれてるんだわ。いま、ソフトクリームの
先《さき》が、いきなり　なくなったように　みえて……。車《くるま》を
うんてんする　まえに、目《め》ぐすりを　さしておかなくちゃ。」
そう　いうと、ママと　おねえちゃんは　車《くるま》に
もどっていきました。
ほっ……。

「もう、レミー！　びっくりしたじゃない。」
「だいじょうぶだよ。わたしは　ミラにしか　みえないし、
声《こえ》も　きこえないよ。ソフトクリームが　あんまり
くもに　そっくりで、どんな　あじが　するのか、
たべたくなっちゃったの。ごめんね。」
そうだったんだ。
「そうだ！　ちょっと　まってね。」
スプーンがわりに　ついてきた　小《ち》さな
コーンに　クリームを　たっぷり　すくって、かんせい！

レミーようの　ミニミニ　ソフトクリーム！
「キャ～、ミラ！　ありがとう！
いっただっきまーす！
ん～～!!　つめたくて、
あまくて　おいしい！」
レミーが　にじ色《いろ》に
ふわんふわん　光《ひか》ります。
おどろいたときや
うれしいときに、にじ色《いろ》に　光《ひか》るみたい。

ふたりは、なかよく　ソフトクリームを　たべました。

とちゅうで　おひるごはんも　たべて、かいえん

三十分《さんじっぷん》まえに　かいじょうに　つきました。

でも、ミラは　車《くるま》よいで、すこし　気《き》ぶんが　わるく

なってしまいました。

カノンちゃんの　でばんは、だい二《に》ぶです。

それまで、ミラは　そとで　ゆっくりしている　ことに

しました。

「ひとりで　だいじょうぶ？」
ママと　おねえちゃんが
しんぱいしますが、ミラは　いいました。
「だいじょうぶだから、ママたちは
コンサートに　いってきて。」
だって　ミラには、
レミーが　いるんだもの。

郵 便 は が き

切手を
貼って
ください

〒141-8210

東京都品川区西五反田3-5-8
(株)ポプラ社 児童書編集 行

本《ほん》を読《よ》んだ方《かた》	お名前《なまえ》	フリガナ		
		姓《せい》	名《めい》	
	お誕生日《たんじょうび》	西暦《せいれき》 年《ねん》 月《がつ》 日《にち》	性別《せいべつ》	
おうちの方《かた》	お名前《なまえ》	フリガナ		
		姓《せい》	名《めい》	
	読《よ》んだ方《かた》とのご関係《かんけい》		年齢《ねんれい》	歳《さい》
	ご住所《じゅうしょ》	〒 -		
	E-mail	@		

新刊案内等《しんかんあんないとう》ポプラ社《しゃ》の最新情報《さいしんじょうほう》をメールで配信《はいしん》!

本《ほん》のご感想《かんそう》はWEB《ウェブ》からも
手軽《てがる》に送付《そうふ》いただけます。

案内不要《あんないふよう》

ポプラ社《しゃ》からのお手紙《てがみ》・メール等《とう》
すべて不要《ふよう》な方《かた》はチェックください

※ご記入いただいた個人情報は、刊行物・イベントなどのご案内のほか、お客さまサービスの向上やマーケティングのために個人を特定しない統計情報の形で利用させていただきます。
※ポプラ社の個人情報の取扱いについては、ポプラ社ホームページ(www.poplar.co.jp)内プライバシーポリシーをご確認ください。

202401

買《か》った本《ほん》のタイトル

質問《しつもん》1 この本《ほん》を何《なに》でお知《し》りになりましたか?(複数回答可《かいとうか》)

□書店《しょてん》 □ネット書店《しょてん》 □図書館《としょかん》 □SNS《エスエヌエス》(　　　　　)
□新聞《しんぶん》(　　　　　) □雑誌《ざっし》(　　　　　)
□人《ひと》にすすめられたから □ポプラ社《しゃ》のHP《ホームページ》・note《ノート》等《など》
□その他《た》(　　　　　)

質問《しつもん》2 この本《ほん》を買《か》った理由《りゆう》を教《おし》えてください

(　　　　　)

質問《しつもん》3 最近《さいきん》ハマったものを教《おし》えてください(本《ほん》、マンガ、YouTube《ユーチューブ》、テレビなどなんでも)

(　　　　　)

● 感想《かんそう》やイラストを自由《じゆう》にお書《か》きください

※いただいたご感想《かんそう》やイラストをホームページや宣伝物《せんでんぶつ》に匿名《とくめい》で紹介《しょうかい》させていただくことがあります。予《あらかじ》めご了承《りょうしょう》ください。

ご協力《きょうりょく》ありがとうございました。

012-1　読み物共通

おしえてルミー!
クラシックコンサートの　マナー

えんそうちゅうは　おしずかに!

コンサートホールは、とても
小《ちい》さな　もの音《おと》でも　よく
ひびいてしまうの。でんしききの
アラーム音《おん》は　もちろん、
ひそひそ話《ばなし》にも　ちゅういしてね。
ハンカチを　手《て》もとに　よういしておけば、
とっさの　くしゃみも　小《ちい》さく
おさえられるわ。

しずけさも　音楽《おんがく》

メロディーの　あいだに　ある、
ちょっと　した　まや、曲《きょく》が
おわった　あとの　よいんも　だいじな
音楽《おんがく》の　いちぶなの。はく手《しゅ》する
タイミングには　気《き》を　つけてね。
はじめての　ときは、まわりの　人《ひと》の
ようすを　みながらが　オススメ!

お手《て》あらいは　おはやめに

えんそうちゅうは　ホールに　出入《でい》り
できなくなってしまうの。だから、
はじまる　まえや、きゅうけい　じかんに、
はやめに　お手《て》あらいに　いくと　いいわ。
とちゅうで　せきを　たつと、まわりの
人《ひと》の　めいわくにも　なっちゃうしね☆

バイオリンの　お友《とも》だち

コンサートホールは、「森《もり》と　みずうみの
こうえん」の　なかに　あります。
みずうみには、はくちょうの　ボートが
たくさん！
テーブルや　ベンチも　あって、ゆっくり
のんびり　できる　ばしょです。
ベンチに　すわると、ミラは　ふうっと

ためいき。
「だいじょうぶ？　気《き》ぶんは　どう？」
レミーが　しんぱいそうに、ミラの
まわりを　ふわふわ　うろうろ。
ミラは　おもわず　にっこりしました。
「だいじょうぶ。だいぶ　よく
なったよ。ありがとう。」
すると、となりの　ベンチから、おなじように
大《お》きな《お》　ためいきが　きこえてきました。

おねえちゃんと　おなじ
くらいの　年《とし》の　女《おんな》の子《こ》。
しかも、バイオリンの
ケースを　もっています。
じっと　みていたら、
バッチリ　目《め》が　あって、ミラは
あわてて　目《め》を　そらしてしまいました。
「こんにちは。」
その子《こ》が　話《はな》しかけてくれましたが、

ミラは　はずかしくて、まっかに　なりました。

「こ、こんにちは。」

そっと　かおを　あげて　みると、すらっと　していて、かみも　ながくて、とっても　きれいな　おねえさんです。

「わたし、カノ……えっと、ノンって　いうの。あなたは？」

「ミラです。あのっ、ノンちゃんも　コンサートに　きたの？」

「え？　う、うん。そうなの。」

「あたしも　そうなんだけど、車《くるま》に　よっちゃって。カノンちゃんが　でる、だい二《に》ぶまで　やすんでるの。」

「そうだったのね。ねえ、
ミラちゃんも　音楽《おんがく》が　すきなの？」
「う、うん。ピアノを　ならっているんだけど、
おねえちゃんに　いつも　ダメダメって
いわれちゃう。へたっぴなんだ、あたし。
ピアノなんて　やめたほうが
いいのかなって。へへ。」
ミラは、話《はな》しているうちに
なきそうに　なりましたが、

わらって　ごまかしました。
すると、ノンちゃんが
バイオリンケースを
だきしめながら、いうのです。
「それ、わかる。じつは、わたしもなの。
バイオリンを　つづける　じしんが
なくて、もう　にげちゃいたいって。」
ふたりは、目《め》が　あうと
ふふっと　わらいました。

「でも　ノンちゃんは、バイオリンが
だいじで、すきなんでしょ？
こんな　ところまで
バイオリンを
もってきているなんて。」
「うん、大《だい》すき。小《ちい》さいころから、
どこに　いくのも　バイオリンと
いっしょなの……。」
そう　いうと、ノンちゃんは

バイオリンケースを　みつめたまま、だまってしまいました。
どうしたのかしら？
「ミラちゃん、ありがとう。だいじな　ことを
おもいだせたわ。そうだ！　おたがいの　えんそうを、
ききあいっこしない？」
ノンちゃんが　目《め》を　キラキラさせて　いいました。
ええっ！
「む、むりよ！　あたし、だれかに　きかせる　じしんなんて
ないし。それに　ピアノも　ないから……。」

「コンクールや　コンサートじゃ　ないんだし、
ふたりだけで　たのしめれば　いいの。
それに　わたし、ピアノの　ある
ところを　しってるから。」
ノンちゃんは　そう　いうと、
ミラの　手《て》を　つかんで
はしりだしました。
えっ……どこに　いくの？

おしえて1ミー！

バイオリンって　どんな　がっき？

げんがっき

４本《ほん》の　ぴんと　はった　げんと　ゆみを
こすりあわせて　音《おと》を　だす　がっきよ。
「げんがっき」と　よばれていて、
ほかに　ビオラ、チェロ、
コントラバスが　あるの。
バイオリンは　いちばん
たかい　音《おと》を　だせるのよ。

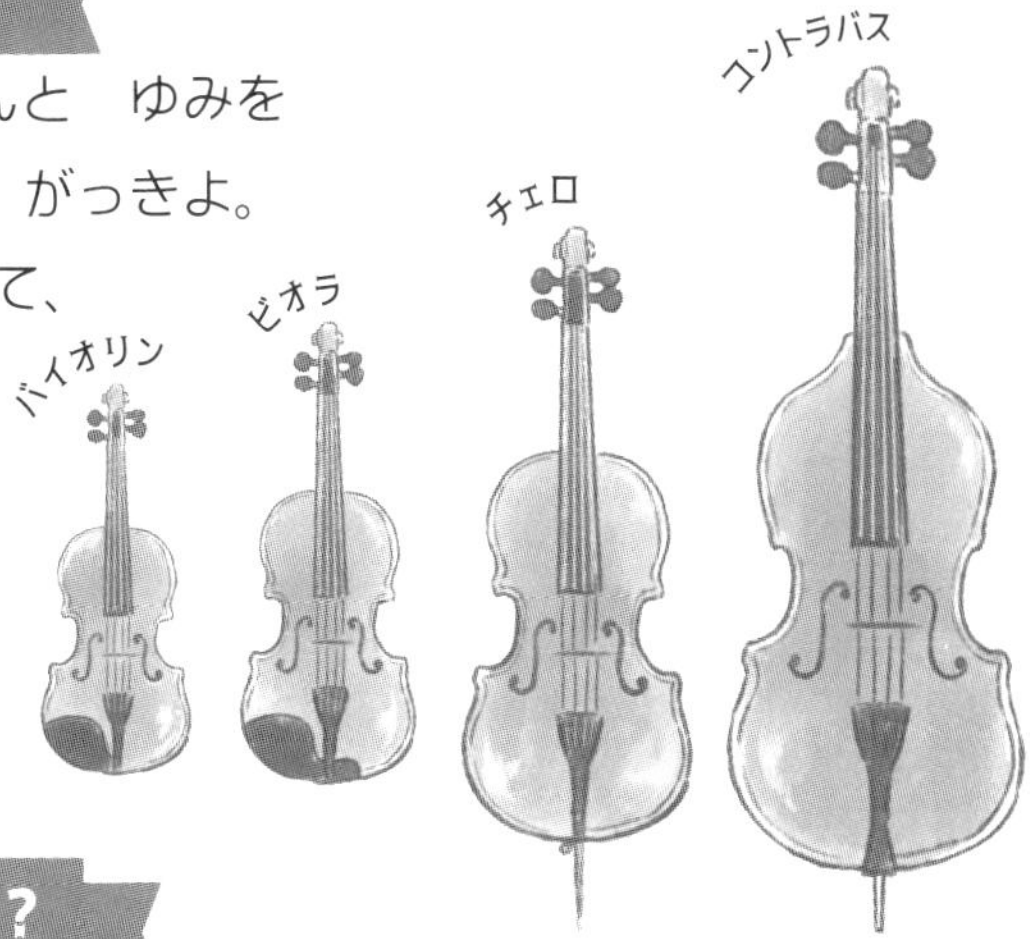

ひつじと　うま！？

バイオリンは　マツや　カエデなどの
木《き》で　できた　ボディーに、「ガット」と
よばれる　ひつじの　ちょうで　できた
げんが　はられているの。ガットいがいにも
スチールや　ナイロンで　できた　げんも
あるわ。ゆみは　なんと、うまの　しっぽの
毛《け》が　はってあるの！

クラシックだけじゃ　ない

バイオリンは　クラシック音楽《おんがく》だけで
なく、みんぞく音楽《おんがく》でも
かなでられているの。そういうときは
「フィドル」と　よばれているのよ。
おなじ　がっきなのに　よびかたが
かわるなんて、おもしろいわね。

ぶたいうらの　ぼうけん

そこは、コンサートホールの
うらの　入《い》り口《ぐち》。
「こ、こんな　ところから
はいっちゃ　ダメだよ。
おこられちゃう。」
「だいじょうぶ。わたしに　ついてきて！」
めいろのような　ろうかを、どんどん　おくの　ほうへ。

つきあたりの　ドアを　あけようと　しましたが、
かぎが　かかっているようです。
「ほら、はいれないから　もう　もどろうよ、ね？」
「まってて。かぎを　とってくるから。」
ええ——！
ノンちゃんは　どこかに
いってしまいました。

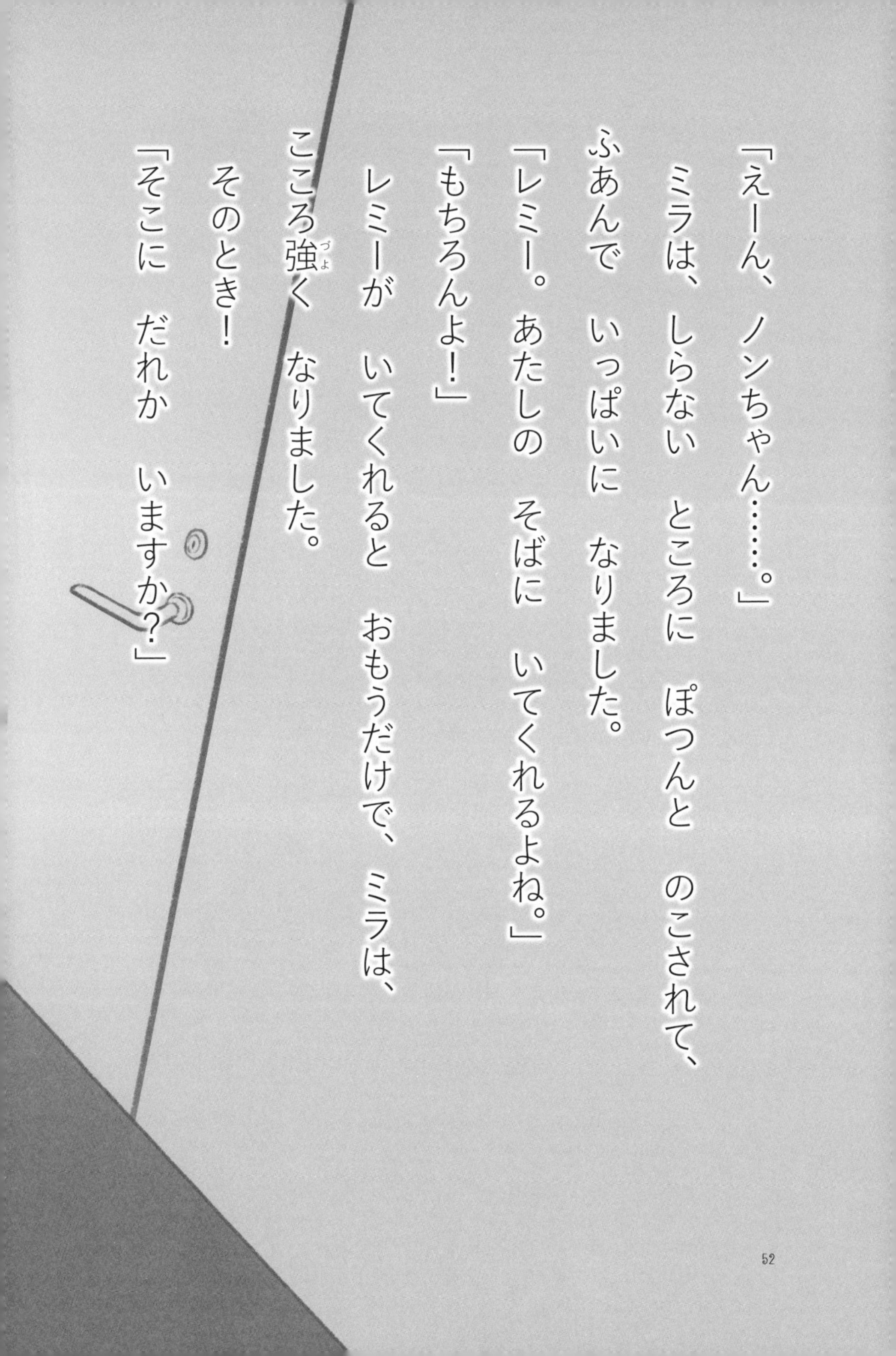

「えーん、ノンちゃん……。」

ミラは、しらない　ところに　ぽつんと　のこされて、
ふあんで　いっぱいに　なりました。

「レミー。あたしの　そばに　いてくれるよね。」

「もちろんよ！」

レミーが　いてくれると　おもうだけで、ミラは、
こころ強《づよ》く　なりました。

そのとき！

「そこに　だれか　いますか？」

男《おとこ》の人《ひと》の　声《こえ》が　ひびきました。

「どうしよう　レミー。
みつかっちゃう。」

「みつかったら、おいだされて、ピアノが ひけなく
なるって ことよね？ それは ぜったい
ダメなんだから！」

足音《あしおと》が ちかづいてきます。

「こういうときは、とうめいに なる
まほう！」

やってきたのは、
けいびいんさんでした。
「レミー……。」
「しーっ！」
ふたりは、いきを
ころしました。

「こっちで　女《おんな》の子《こ》の　声《こえ》が　きこえたのに。おかしいな、だれも　いない。」

けいびいんさんは、ふたりの　目《め》の　まえを　そのまま　とおりすぎ、むこうに　いってしまいました。

ミラと　レミーは、すがたを　あらわして、ほっ！

そこへ、ノンちゃんが　もどってきました。

「おまたせ！」

ノンちゃんが　かぎを　あけて、へやの　なかへ。

そこには、ピアノが　ありました。

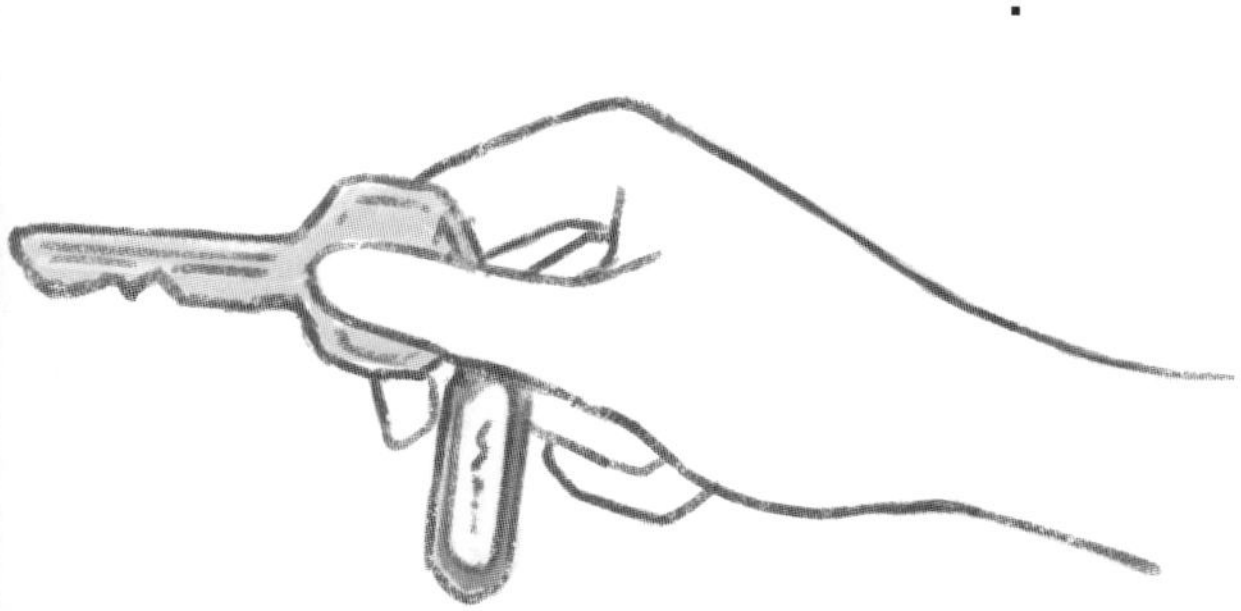

バイオリンと　いっしょに！

「ここの　ピアノなら、すきに　ひいて　だいじょうぶよ！」

ミラは、ピアノを　まえに　して、「やっぱり
ひけない」と　おもいました。

はずかしいし、へたと　おもわれるに　きまっています。

うつむいてしまった　ミラに、ノンちゃんが　ききました。

「いま　れんしゅうしている　曲《きょく》は、なに？」

「ブルグミュラーの　『パストラル』って　曲《きょく》だけど、

がくふが　ないと
まだ　ひけなくて。」
「そうよね、がくふ、
もってないわよね。
じゃあ、わたしが
ひいて　いい？」
そう　いって、
ノンちゃんが
バイオリンを　ひきはじめました。

ゆみが、げんの　上《うえ》を　すべると、つややかな
バイオリンの　音《おと》が　へやじゅうに　ひびきわたります。
この曲《きょく》は！
バッハの『メヌエット　ト長調《ちょうちょう》』です。
ピアノの　はっぴょう会《かい》で、おねえちゃんの　バイオリンと
いっしょに　えんそうした　曲《きょく》です。

はずかしがりやの　ミラは、どうしても　ひとりで
はっぴょう会《かい》に　でられなくて、おねえちゃんが
いっしょに　でてくれたのです。

曲《きょく》が　おわると、ミラは
いいました。

「ノンちゃん　とっても　すてき！　あのね、あたし
その曲《きょく》なら、がくふが　なくても　ひけるの。」
「ほんとう⁉　じゃあ、いっしょに　ひきましょう！」
ノンちゃんが　バイオリンを　かまえます。
ミラは　けんばんに　ゆびを　おくと、
バイオリンからの　あいずを　まちます。
ノンちゃんは、ミラを
みつめながら、こきゅうを
あわせて　1、2、3！

ノンちゃんの　バイオリンと
いっしょに　ひいていると、
どんどん　たのしい　気《き》もちが
ふくらんでいくみたい！
おねえちゃんと　あわせていたときは、
まちがえない　ことばかりを
かんがえていたのに、いまは　ワクワク！
あっというまに　曲《きょく》が　おわってしまって、
まだまだ　ひいていたいぐらいです。

ミラは　むねが　ドキドキしています。
おもわず　ノンちゃんに　たずねました。

「ノンちゃんの　メロディーが、こころに
ひびいて、ワクワクしたの。音《おと》が
大《おお》きく　なったり、やさしく　なったり
したでしょ？　それに
あわせて　あたしの　こころが、
うごいた　かんじが
したの。なんでだろう？」

ノンちゃんは、にっこりすると、いいました。
「だれかの　こころに　ひびく　えんそうって、
むずかしいよね。でも、いま　ミラちゃんが　かんどうして
くれたのは、メロディーに　こめた　わたしの　気《き》もちが、
つたわったからだと　おもうの。『この曲《きょく》は　こんな曲《きょく》で、
わたしは　こう　ひきたい！』って　いう　気《き》もち。それを
わかりやすく　つたえてくれるのが、強弱《きょうじゃく》かな。」
そう　いって　にっこり　わらうと、ノンちゃんは
せなかを　むけて　バイオリンを　かたづけはじめました。

「気《き》もちを、メロディーに　こめて、強弱《きょうじゃく》で　それを
つたえる――。」
ミラの　こころに　いろんな　おもいが　わきあがります。
ミラは　小声《こごえ》で　レミーに　話《はな》しかけました。
「レミー。あたし　いま、『パストラル』は
あたしみたいって　おもったの。のびやかに
はじまるけど、とちゅうで　ふあんに　かんじる　ところが
あるでしょ？　それって、ピアノは　すきなのに、
じしんが　ない　あたし。」

ミラの　ことばを、　レミーは
じっと　きいてくれます。
「もりあがりの　ところは、
ピアノが　すきって　気《き》づいた
あたしだから、　力強《ちからづよ》く
ひきたいな。　そして　さいごは、
ピアノが　たのしいって　いう　気《き》もちで、　かろやかに！」
ミラの　話《はなし》を　きいた　レミーが、　にっこり
うなずいた　しゅんかん、　ふめんだいに　がくふが！

そして　レミーは、小《ちい》さな　手《て》を
ミラの　手《て》に　のせて　いいました。
「ミラの　気《き》もちを　こめた
『パストラル』を　きかせて！」
ミラは、そっと　けんばんに
ゆびを　のせました。
そのときです。

レミーの　じゅもんが
ひびいて、花《はな》びらが
まいあがったと
おもったら、ミラは
お花《はな》ばたけのような　ドレスに　ドレスアップ！

右手《みぎて》の　メロディーが　ひびきわたると、
小鳥《ことり》たちが　いっせいに　とびたちます。
左手《ひだりて》は　そのあとを　おうように、
かろやかな　リズム。
あたしは　ピアノが
すき……ううん、
大《だい》すきなの！

いまなら　じしんを　もって　いえます。
ミラの　気《き》もちが、　ピアノから

あふれだしていました。
「すてきな　えんそう！　お花《はな》ばたけに　いるみたいだったわ。」
ノンちゃんが　声《こえ》を　はずませながら　いいました。
そっか、レミーの　まほうは、あたしにだけ　みえてたんだ。
ノンちゃんが　いいました。
「ミラちゃん、今日《きょう》は　ありがとう。やっぱり　バイオリンが
たのしくて、大《だい》すきだって、いっしょに　ひいて、
おもったの。ぎゅ〜って　ちぢこまっていた　気《き》もちが、
ふわっと　ひろがった　かんじ。」

「あたしも、ノンちゃんの　おかげで　ピアノが　大《だい》すきって、
おもえたの。とじこめていた　気《き》もちが、ふわっと
あふれだしたみたい。ありがとう　ノンちゃん。」
『ふわっと』だね！」
そう、ふたりは　もう　だいじょうぶ。
そんな　強《つよ》い　気《き》もちで　わらいあいました。
「そろそろ　じかんだから、ホールの　入《い》り口《ぐち》まで
つれていってあげる。」
ふたりで　手《て》を　つないで　入《い》り口《ぐち》へ。

「じゃあ　ミラちゃん、ここで。コンサート、たのしんでいってね！」

そう　いうと、ノンちゃんは　くるりと、もと　きたろうかの　ほうへ、はしっていきました。

「『たのしんでいってね』？　たのしもうね、じゃなくて？」

ホールの　ドアの　まえで、おねえちゃんがしんぱいそうに　ミラを　さがしていました。

「ミラ、ぐあいは　だいじょうぶ？」

「うん、もう　へいき。」

「よかった。
カノンちゃんの
えんそうを
ミラにも
きかせたかったんだ。　たのしみ！」
せきに　つくと、　ミラは　おもいました。
おねえちゃんは、　ピアノのときは　きびしいけど、
しゅくだいや　いろいろな　ことを　おしえてくれます。

いつも　あたしの　ことを　おもってくれてるんだよね。
「おねえちゃん、たのしみだね。」
ブザーが　なって、だい二《に》ぶの　はじまりです。
大《おお》きな　はく手《しゅ》と　ともに、まっかな
ドレスの　女《おんな》の子《こ》が　とうじょうしました。
その子《こ》を　みて、ミラは　びっくり！
「えっ！　ノンちゃんが　カノンちゃんだったの？」
こっそり　あらわれた　レミーが、ウィンクします。

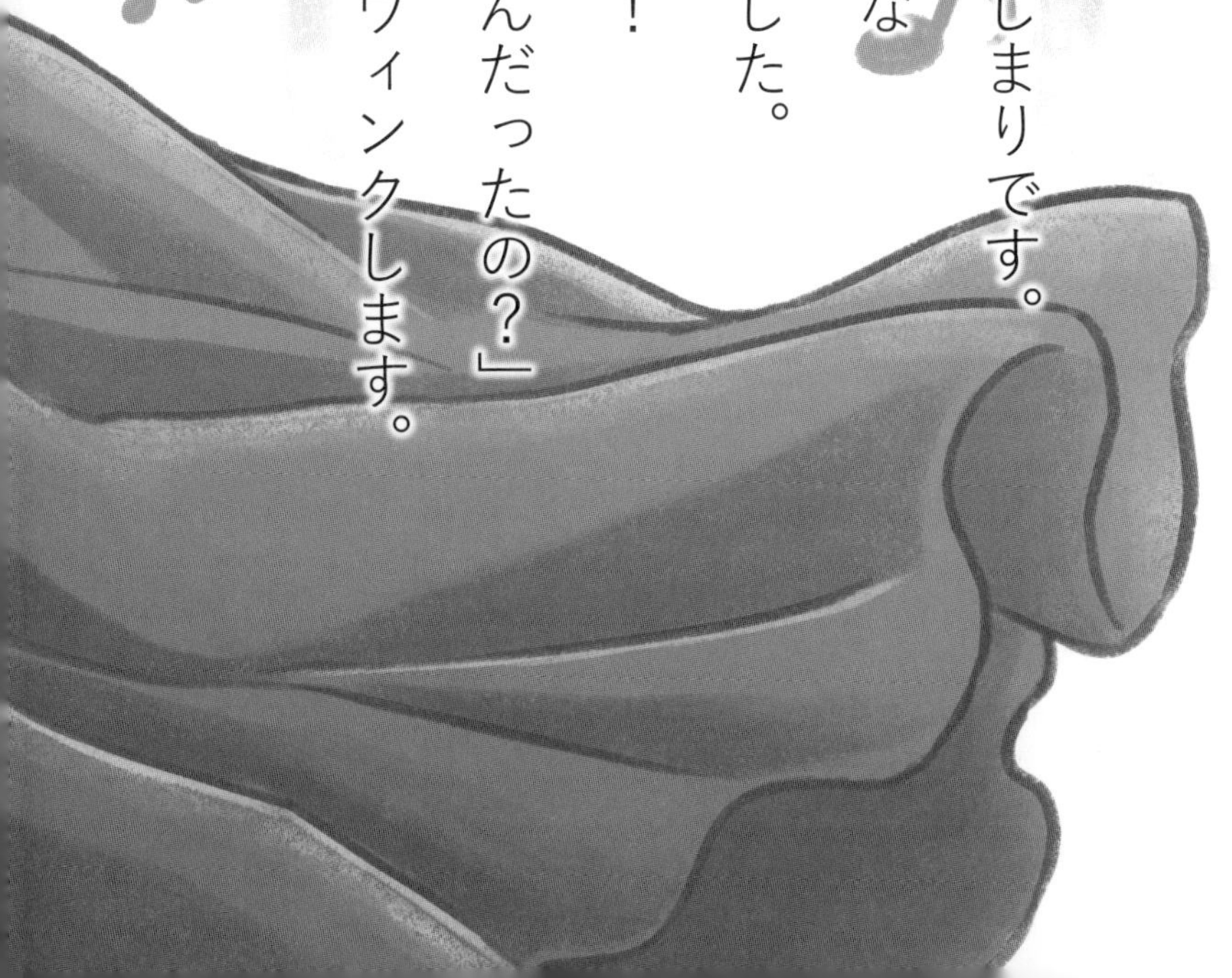

ぶたいの　上《うえ》で　カノンちゃんが、
オーケストラと　いっしょに　えんそうしています。

カノンちゃん、すてきだな。
ミラは　おもわず　小声《こごえ》で　つぶやきました。
「また、カノンちゃんと　いっしょに
えんそうしたいな。
もっと　れんしゅうしなくっちゃ。」
すると　レミーが、
「いいね、いいね。おうえんするよ！」
と　いって、ほのかに　にじ色《いろ》に
光《ひか》りました。

おしえて1ミー！

バッハって　どんな　人《ひと》？

音楽《おんがく》の　父《ちち》

「バロック音楽《おんがく》」の　じだいに
かつやくした、ドイツの　作曲家《さっきょくか》で
オルガニスト。「音楽《おんがく》の　父《ちち》」と
よばれていて、そのごの
西洋音楽《せいようおんがく》や　作曲家《さっきょくか》たちに
大《おお》きな　えいきょうを
あたえた　人《ひと》なの。

バッハの　音楽《おんがく》

オルガン曲《きょく》や　うたの　曲《きょく》いがいにも
バッハは　「チェンバロ」と　いう
いまの　ピアノのような　がっきの
曲《きょく》も　たくさん　作曲《さっきょく》したの。
バッハの　音楽《おんがく》は、どんな
がっきで　ひいても、しぜんで
うつくしいと　いわれているわ。

だいひょう作《さく》

『メヌエット　ト長調《ちょうちょう》』
お話《はなし》の　なかに　「バッハの」と　でてきた　曲《きょく》だけど、じつは　ペッツォルトと　いう　人《ひと》が　つくった　曲《きょく》だと　わかってきたの。バッハが　おくさんに　プレゼントした　曲集《きょくしゅう》の　なかに　はいっていたから、バッハの　曲《きょく》として　しられてきたみたい。

『トッカータとフーガ』（オルガン曲《きょく》）

『主《しゅ》よ、人《ひと》の望《のぞ》みの喜《よろこ》びよ』（教会《きょうかい》カンタータ）
カンタータとは　声楽曲《せいがくきょく》の　ことよ。

★ピアノを　つづけていくと　であうかも★
『インヴェンションとシンフォニア』

しめの ゆき

千葉県出身、神奈川県在住。出版社に勤務し、バレエ雑誌の編集者をしていた折に『ティアラちゃんのアン・ドゥ・トロワ』（新書館）ほかシリーズ全６巻を出版、のち独立。著書に『美雨13歳のしあわせレシピ』『せっしゃ、なべぶぎょうでござる！』（ポプラ社）、『くびびじんコンテスト』（岩崎書店）ほか。日本児童文学者協会会員。「栞」、「季節風」同人。ピアノは４歳～22歳まで、作家デビューする前にも３年ほど習う。好きな曲のひとつはラヴェルの『亡き王女のためのパヴァーヌ』。現在は声楽をレッスン中。

とこゆ

東京都出身・在住。日本デザイン専門学校を卒業後、印刷会社や出版社に勤務の後、イラストレーターとしての活動を本格的に始める。かわいらしく、あたたかみのあるイラストで、書籍や雑誌、学生新聞や教材など活動の幅を広げている。児童書の単行本は本シリーズが初となる。７歳～９歳までピアノを習う。好きな曲はモーツァルトの『きらきら星変奏曲』。

お話《はなし》に
でてきた曲《きょく》は
ココで きけるよ！

マジカル★ピアノレッスン
へんしゅうしゃが　ひいてみた♪

マジカル☆ピアノレッスン
ピアノようせいレミーと　メロディーの　まほう

2024年７月　第１刷

しめの ゆき・作　とこゆ・絵
発行者 加藤裕樹
編　集 松本麻依子
発行所 株式会社ポプラ社
〒141-8210　東京都品川区西五反田3-5-8
JR目黒MARCビル 12階
ホームページ　www.poplar.co.jp
印刷・製本 中央精版印刷株式会社
ブックデザイン 岩田りか

お話《はなし》の　かんそうや
イラストなど、おたよりを
おまちしています！
すきな音楽《おんがく》や、
れんしゅうしている
曲《きょく》のことなど
おしえてね。

ISBN978-4-591-18220-8 N.D.C.913 79p 22cm
Printed in Japan

P4900382

※本書に登場する『パストラル（牧歌）』の表記は〈全音ピアノライブラリーブルクミュラー：25の練習曲〉に準じています。
※お話の中では「ブルグミュラー」と表記していますが、昨今ではドイツ語読みの「ブルクミュラー」と表記することも増えています。

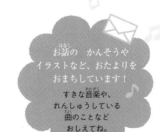

曲《きょく》の イメージや 気《き》もちを あらわす ことば

ことば	よみかた	い み
dolce	ドルチェ	あまく、やわらかく、やさしく
cantabile	カンタービレ	うたうように、ひょうじょうゆたかに
legato	レガート	なめらかに
scherzando	スケルツァンド	おどけて
leggiero	レッジェーロ	かるく、ゆうびに
appassionato	アパッシオナート	ねつじょうてきに、げきじょうてきに ★「ねつじょう」って いうのは、はげしく あつい きもちの ことよ。

ミラが　ひいていた　ブルグミュラーの　『パストラル（牧歌《ぼっか》）』の

さいしょには、dolce《ドルチェ》 cantabile《カンタービレ》って　かかれているよ。

「やわらかく　うたうように」

ひいてほしいって　ことだね！